Prinz Bongerich

Für Josephine und Vanessa. Denn ohne die beiden hätte ich diese Geschichte nie erzählt.

Danke auch an unser Täschchen, das mir immer zur Seite stand.

Danke an meine Petra, die diese Geschichte immer und immer wieder lesen musste.

Danke auch an Basti. Ein wahrer Freund, der sich nicht zu schade ist, auch mal meine Kindergeschichten zu lesen.

Thomas Lotter

Prinz Bongerich

Auf der Suche nach dem Regenbogendrachen

Bibliografische Information der Deutschen Nationalbibliothek:
Die Deutsche Nationalbibliothek verzeichnet diese Publikation in der Deutschen Nationalbibliografie; detaillierte bibliografische Daten sind im Internet über http://dnb.dnb.de abrufbar.

© 2015-Thomas Lotter

Illustration: **Thomas Lotter**

Herstellung und Verlag: BoD – Books on Demand, Norderstedt

ISBN 978-3-7386-9976-0

Inhaltsverzeichnis

Kapitel 1 – Prinz Bongerich	**(7)**
Die Eltern von Prinz Bongerich	(8)
Der kleine Prinz Bongerich	(10)
Das Fest	(13)
Kapitel 2 – Im dunklen Wald	**(18)**
Psi	(19)
Aus Bonge wird Te'am	(21)
Über den dunklen Wald	(22)
Kapitel 3 – Die schöne Frau	**(26)**
Auf dem Weg zum Regenbogendrachen	(29)
Die Harfen-Igel	(31)
Wasser, das von oben kommt und kein Regen ist	(34)
Kapitel 4 – Arcus, der Regenbogendrache	**(35)**
Der Ritt auf dem Regenbogendrachen	(39)
Kapitel 5 – Wieder zu Hause	**(41)**

Prinz Bongerich

Prinz Bongerich von Kloeten ist der Kronprinz von Kloeten. Er wird einst der König über alle rechtshändischen und linkshändischen Kloetianer sein.

Dann ist er der König vom Großen Berg und der König vom Tiefen See von Kloeten. Der König vom großen Dunklen Wald und auch vom Hohen Wasserfall. Er ist dann König im Schloss mit den Fünffinger-Türmen, die angeordnet sind wie die fünf Finger einer Hand.

Zurzeit aber ist Prinz Bongerich von Kloeten total ahnungslos, dass er einmal König von Kloeten werden könnte. Denn im Augenblick weiß er nicht einmal genau, wer er selber in Wirklichkeit ist.

Die Eltern von Bongerich

Die Mutter Emilia von Stubs und Nase und Vater Carl Victor I. Rosendorn von und zu Kloeten regierten schon lange das Königreich. Es war eine gute Zeit, die allen Kloetianern als die gute alte Zeit in Erinnerung bleiben sollte.

Alle Bürger hatten genug Arbeit und Freizeit, dass sie zufrieden arbeiten konnten und genug Freizeit hatten, um mit ihren Familien und Freunden viel zu unternehmen. Um zum Beispiel an den Tiefen See zu radeln, dort zu grillen oder Spaß zu haben im Wasser.

Im Wörterbuch von Kloeten fehlten die Worte: Raub, Diebstahl, Dieb, Räuber, Mord und Totschlag, weil es dies nicht gab.
Wenn ein Paar sich gefunden hatte, um zu heiraten, halfen alle zusammen, um ein Stück Wald zu roden. Daraufhin wurde dann innerhalb von nur zwei Wochen ein Haus für das junge, glückliche Paar gebaut.

Alle waren glücklich, außer Emilia von Stubs und Nase.

Emilia von Stubs und Nase und Carl Victor waren schon sehr, sehr lange verheiratet. Eigentlich waren sie auch glücklich. Doch zum perfekten Familienglück fehlte Emilia das Entscheidendste: Ein Kind!

So zogen die Jahre ins Land. Emilia wurde immer älter, aber nie schwanger. Langsam kam sie in das Alter, in dem Frauen keine Kinder mehr bekommen können.

Als sie eines Morgens erwachte, verspürte sie solch eine Übelkeit, dass sie sofort auf's Klo musste, um sich zu übergeben.

Trotz der Tatsache, dass sie den ganzen Morgen über der Kloschüssel gelegen hatte, war sie an diesem Tag überglücklich, denn sie spürte, dass sie →
schwanger war. Hurra!!!

So kam Prinz Bongerich der I. pünktlich neun Monate später in der guten alten Zeit auf die Welt.

Der kleine Prinz Bongerich

Der Tag seiner Geburt war ein schöner, sonniger Tag. Vom ersten Augenblick seines Lebens an war Bongerich, oder Bonge, wie er sich in seiner Kindheit selber nannte, ein freundliches, nettes, zufriedenes und neugieriges Kind.

Bonge liebte es mit seiner Mutter zu schmusen oder mit seinem Vater Carl auf große Weltreise im Schloss mit den Fünffinger-Türmen zu gehen.

Er verstand nicht immer, warum sein Vater und er sich im Schloss unsichtbar machen mussten. Oder warum sie sich an unsichtbare Tiger und Löwen heranschleichen mussten, um diese dann mit wildem Gebrüll zu erschrecken. Da es aber offensichtlich seinem Vater Carl eine sehr große Freude bereitete, spielte er doch gerne mit.

Bonge hatte braune Augen. Er war gerne an der frischen Luft beim Spielen. Daher verwunderte es niemanden, dass Bonge braungebrannt war wie ein Schnitzel.

Er hätte richtig tolle, schwarze Locken am Kopf gehabt, genau wie sein Vater, doch er fand es praktischer, seine Haare ganz, ganz kurz zu rasieren. Es fühlte sich lustig an, wenn man mit der Hand über die Haarstoppeln streichelte. Außerdem war er morgens im Bad schneller fertig.

Bonge interessierte sich für alles. Oft war er am Schlossteich mit seinen Wasserspeiern, Wasserspielen und Wasserfontänen. An sonnigen Tagen, da der Wind die Wasserfontänen in einzelne Wassertropfen zerstäubte, konnte man da prima einen Regenbogen sehen. Als er noch klein war, erzählte Mutter Emilia ihm hier die Geschichte von Arcus, dem Regenbogendrachen.

Auch konnte er stundenlang den Goldfischen im Schlossteich zusehen, wie sie schwammen. Oft meinte er, die Fische würden versuchen, ihm eine Geschichte zu erzählen, wenn diese ihr großes, rundes Fischmaul immer wieder auf und zu machten.

Bonge dachte, er könne die Fische besser hören, wenn er den Kopf unter Wasser tauchte. Gott sei Dank wurde er, noch bevor er den Kopf unter Wasser getaucht hatte, von einem märchenhaft blau aussehenden Schmetterling abgelenkt.

Nun beobachtete er den Schmetterling, wie er auf einer Blume mit gelber Blüte saß und mit seinem langen Rüssel den Nektar der Blume trank. Die Flügel gingen ein paar Mal auf und zu, dann hob er ab und Bonge jagte ihm nach bis auf den höchsten der Fünffinger-Türme.

Erschöpft legte er sich da oben auf den Rücken und beobachtete die Wolken, die wie Schäfchen an ihm vorbeizogen.

Das Fest

Eines Tages plante der König, zur Freude seiner Untertanen, ein großes Fest unten am Tiefen See vor dem Dunklen Wald.
Die Linkshänder bauten mit den Rechtshändern Hütten und Stände auf, während die Rechtshänder mit den Linkshändern die Bühne aufbauten.

Aus ganz Kloeten kamen die Akrobaten und Jongleure, die Schwertschlucker, Eisenverbieger, Magier, Geschichtenerzähler und die Feuerspucker.

Der kleine Prinz lief in seiner neuen, weißen Reiterhose, den schwarzen Reiterstiefeln, einem weißen Hemd und einer roten Jacke von Stand zu Stand.

Auf dem Fest gab es Limonade und Kuchen für alle. Jede Oma, die etwas auf sich hielt, backte Pfannkuchen. Es gab Pfannkuchen mit Erdbeermarmelade oder mit Pfirsichmarmelade, Pflaumenmarmelade oder mit jeder anderen Marmelade, die es gibt.

Bonge mochte seine Pfannkuchen am liebsten mit Schokolade, auch wenn seine Mama dann plötzlich nicht mehr mit ihm schmusen wollte und er sich obendrein noch waschen musste.

Der junge Prinz liebte die Geschichtenerzähler und er freute sich auf die Feuerspucker, weil die hatte er noch nie gesehen.
Bisher hatte Bonge jedes Mal ins Bett gemusst, wenn die Feuerspucker aufgetreten waren, da es dann offenbar schon dunkel gewesen

war. Ja, er musste ins Bett, obwohl er ein echter Prinz war! Aber dieses Jahr würde er seine Frau Mama schon noch überreden können, die Feuerspucker sehen zu dürfen.

Mit frisch geputztem Gesicht und seinem "Ich-wickle-dich-um-den-Finger-Lächeln" ging er auf seine Mama, Emilia von Stubs und Nase, zu. Er sah sie aus seinen großen, braunen Augen heraus an und fing an, sie an ihrem Kleid zu ziehen, während er anfing zu reden: „Duuhu, Mama, darf ich heute die Feuerspucker sehen? Ich bin doch schon sooo groß!" Zum Beweis seiner Größe hob er beide Arme über den Kopf, um noch größer zu erscheinen. Wie er so da stand, sah er nicht gerade wie ein großer Junge aus, sondern viel mehr wie ein kleiner, süßer Hoppelhase.

Mama Emilia musste nun lachen, als sie ihren Sohn so da stehen sah. Sie sah ihm in die großen, braunen Augen mit den langen Wimpern. Sie hob in hoch, drückte ihn ganz fest an ihre Brust. Emilia küsste Bonge auf die Stirn.

Emilia begann sehr, sehr ernst zu sprechen: „Also Bongerich, Prinz aller rechtshändischer und linkshändischer Kloetianer, wenn du nicht einschläfst, dann darfst du heute die Feuerspucker sehen, abgemacht."

Bonge freute sich riesig, er flüsterte seiner Mutter ins Ohr: „Danke, danke, Frau Mama, aber könntest du mich bitte nicht hier vor allen Leuten küssen? Du weißt doch, ich bin doch schon groß."
„Nein, kann ich nicht", antwortete Emilia und drückte Bonge noch einen Schmatz auf die Stirn.

Die Sonne versank im Staate Kloeten meist im Tiefen See vor dem Dunklen Wald. Die Hitze des Tages wich der Kühle der Nacht. Es wehte ein lauer Wind vom Hohen Berg herab.

Mit dem Schwinden des letzten Tageslichtes wurden die ersten Fackeln entzündet. Die Musiker und Barden spielten auf ihren Instrumenten alte Spielmannslieder.

Jetzt, da es endlich stockdunkel war, konnte das Spiel mit dem Feuer beginnen. Eine Gruppe von drei Feuermeistern stand auf der Bühne, zwei Jungs und ein Mädchen. Die Jungs hantierten mit Feuerketten, den Pois, und Feuerfackeln, die auf beiden Seiten brannten, den Devilsticks. Das Mädchen hatte in jeder Hand einen Feuerfächer. Alle drei bewegten sich zum Takt der Musik. Die Fackeln und Feuerketten wurden so schnell bewegt, gedreht und geschleudert, dass das menschliche Auge nicht mehr mitkam und so lebendige Figuren entstanden.

Mit dem letzten Schlag der großen Pauke spuckten die drei Feuermeister eine Feuerfontäne in den schwarzen Nachthimmel. Die letzte Figur, die dadurch entstand, war ein geflügeltes Pferd. Die Flammen schlugen nach oben in Richtung Mond.

Bonge legte seinen Kopf in den Nacken und sah den Flammen hinterher. Langsam verblassten diese am Nachthimmel.

Doch was war denn das? Da waren doch noch ein paar Funken in der Luft! Nein, das waren keine Funken, das waren Glühwürmchen! Bonge freute sich tierisch. Bis heute hatte er nur von Glühwürmchen gehört gehabt, aber noch nie eines gesehen.

Mit dem Kopf im Nacken, den Blick auf die Glühwürmchen gerichtet, lief er ihnen hinterher, hinein in den Dunklen Wald. Er merkte gar nicht, wie der Lärm vom Fest immer leiser wurde oder wie es um ihn herum immer dunkler wurde. Er lief einfach nur den Glühwürmchen hinterher.

Im Dunklen Wald

Auf einmal stand er mitten im Dunklen Wald auf einer Lichtung mit blauem Moos am Boden. In der Mitte der freien Fläche blühte eine einzige große Blume. Die äußeren Blütenblätter waren dunkellila und die innere Blüte leuchtete wie ein Lampion.

Oh, wie herrlich diese Blume duftete! So süß wie Orangen. Und wie sie leuchtete! Bonge konnte nicht anders; Er musste an der Blume riechen. Tief sog er den Geruch der Blume ein. Dann nochmal und nochmal.

Bonge wurde es ganz duselig im Kopf, er wurde müde. Er streckte sich und begann zu gähnen. Dann legte er sich auf den weichen Waldboden und schlief friedlich ein.

Psi

„Wach' auf, du Schlafmütze!" Irgendwer zog Bonge am Ärmel. „Na los, mach' schon deine Äuglein auf! Steh' jetzt auf!"

Jetzt hielt dieser Jemand auch noch Bonges Nase zu. Er machte ein Auge auf und sah in die himmelblauen Augen eines Mädchens mit ganz langen Wimpern. Es hatte blonde, lockige Haare und ein roten Schmollmund. Das Mädchen war genauso alt wie Bonge und es war außergewöhnlich angezogen.

Es hatte einen blauen Hut auf, der aussah wie die Blüte einer Glockenblume und es trug ein Kleid, das aus rotem und gelbem Ahorn zusammengenäht worden war. Aber an den Füßen hatte es keine Schuhe, es lief barfuß.

Als sie sah, dass Bonge blinzelte, sagte sie zufrieden: „Na also, geht doch", und sie grinste Bonge an. Dann begann sie ganz schnell und ohne Unterbrechung zu reden, während es um ihn herumhüpfte wie ein Kaninchen. „Ich bin Psi, und wer bist du, und woher kommst du, was machst du alleine im Wald und warum hast du geschlafen, warum bist du alleine und woher hast du die spaßigen Klamotten her, die du anhast?"

Bonge rieb sich noch den Schlaf aus den Augen, bevor er antwortete: „Hallo Psi, schön dich kennenzulernen. Äh, du kannst aber viel und schnell reden."

„Ja, wir Waldkinder können das", antwortete Psi, während sie auf einem umgestürzten Baum balancierte. „Es ist auch deswegen, weil wir kaum Leute von außerhalb des Waldes sehen. Deshalb reden wir so schnell und viel, weil wir so aufgeregt sind und alles wissen möchten, was außerhalb des Waldes passiert. Also ich heiße Psi. Und wie heißt du? Und was machst du alleine hier im Wald?"

„Also Psi..." Bonge richtete sich auf und ging auf das Mädchen zu. Er reichte ihr die Hand und sprach weiter: „Ich habe keine Ahnung, wer ich bin, noch was ich bin oder woher ich komme."

„Aha." Psi nickte nur und sah an Bonge vorbei auf einen welken, braunen Schlauch, der gestern noch die herrliche Blume gewesen war. „Ich sehe schon, du hast gestern an der Blume des Vergessens gerochen, typisch für euch Rechtshänder oder Linkshänder. Alles müsst ihr anfassen, angucken oder daran riechen. Kein Wunder, dass du dich an nichts mehr erinnern kannst."

„An was soll ich mich denn erinnern, Psi, und ist es wichtig?", fragte Bonge.

Aus Bonge wird Te'am

Psi holte ganz tief Luft und dann gleich nochmal. „Na, wenigstens weißt du noch, wie ich heiße. Also gibt es noch Hoffnung, dass du nicht alles vergisst. Also pass' mal auf, du...! Ach, so geht das nicht. Wenn ich mit dir spreche, brauchst du einen Namen! Sonst werde ich noch ganz verrückt." Psi hüpfte von einem Bein auf das andere, gerade so, als müsse sie auf's Klo. „Hm, bis du deinen Namen wieder findest, nenne ich dich, ... oder lieber doch nicht. Ah, ich hab's! Ich nenne dich Te'am. Te'am ist ein guter Name."

„Und was soll das für ein Name sein?", fragte Bonge.
Psi breitete die Arme aus und fuchtelte wie ein Dirigent mit den Fingern in der Luft. Sie betonte jede Silbe des Namens wie ein Oberlehrer: „TE – AM. Das bedeutet Freund aus der Ferne."
(TELE = Griechisch und bedeutet Ferne. AMI = FRANZÖISCH und bedeutet Freund)

„Oh", sagte Bonge, „der Name ist gut. "Te'am", wiederholte er nun seinen eigenen neuen Namen. Dann begann er zu gähnen und er wollte sich schon wieder hinlegen, weil er immer noch so müde war.

Doch Psi meinte: „Te'am, du darfst jetzt nicht schlafen, denn wenn du jetzt schläfst, wirst du dir nie wieder etwas merken können. Du wirst dir nicht mehr merken können, dass ich Psi bin oder dass du nun Te'am heißt. Du vergisst dich zu bewegen und du wirst wie ein Baum sein. Dann bist du nur noch da."

Psi stand wie ein Baum da, mit hocherhobenen Armen in der Luft, sie verdrehte die Augen und streckte Te'am die Zunge heraus: „Das ist echt langweilig. Also müssen wir jetzt so schnell wie möglich zur schönen Frau. Die kann dir helfen."

„Und wo wohnt diese schöne Frau?", wollte Te'am wissen.
„Na, das weiß keiner so genau", meinte Psi. „Am besten suchen wir da, wo es gut riecht. Denn die schöne Frau hinterlässt überall, wo sie geht und steht, den Duft von einer Million Blumen. Dann müssen wir nur noch diesem Duft folgen."

Psi hielt Te'am die Hand hin und Te'am nahm sie. In der Schule gingen sie auch immer in Zweierreihen, Hand in Hand. Aber da gingen die Buben mit Buben und die Mädchen mit Mädchen, weil das halt so ist. Für Te'am fühlte es sich genauso an, als würde er mit einem Jungen gehen. So gingen sie nun Hand in Hand durch den Dunklen Wald.

<u>Über den Dunklen Wald</u>

Der Dunkle Wald war, vom Dorf der Rechtshänder aus gesehen, dunkel. Genauso war der Dunkle Wald, vom Dorf der Linkshänder aus gesehen, dunkel. Von unten, vom Tiefen See aus gesehen, war der Dunkle Wald sogar noch dunkler, weil man von dort aus gegen die Sonne gucken musste und die Sonne einen blendete.
Vom Schloss aus, vom höchsten Fünffinger-Turm, also von oben betrachtet, war der Dunkle Wald mit seinen Tannen und Fichten, Buchen, Eichen, Ahornen und Eschen genauso dunkel, abgesehen vom

Herbst, da sah der Wald dann aus, als ob er brennen würde, wegen der Herbstfärbung der Bäume.

Aber sonst war der Dunkle Wald von überall her betrachtet dunkel, ausgenommen im Wald selber.

An den Bäumen wuchsen Pilze, die den Weg beleuchteten. Es gab Blumen, die rot, gelb oder weiß leuchteten. Dazu gab es auch noch Schmetterlinge, die irre funkelnd durch den Wald schwebten.

Psi hatte eine lustige Art vorwärts zu laufen. Fünf Schritte hüpfte sie auf dem rechten Bein,

fünf Schritte hüpfte sie auf dem linken Bein,

worauf hin sie zweimal mit beiden Beinen gleichzeitig nach vorne hüpfte

und dann einmal mit beiden Beinen rückwärts.

Danach ging es wieder von vorne los.

Te'am genoss es mit Psi durch den Wald zu hopsen. Es wurde nie langweilig, da Psi andauernd quasselte. „Te'am, welche ist deine Lieblingsfarbe? Welcher Baum ist der höchste? Was war das für ein Vogel? Te'am, magst du Kirschen?"

„Psi, hast du Kirschen?" Te'am sah Psi erwartungsvoll an, bevor er weitersprach: „Ich glaube... Ich glaube, ich habe Hunger."
„Na klar habe ich Kirschen!" Psi hüpfte fünf Mal mit dem linken Fuß nach rechts und schon standen sie unter einem riesigen Kirschbaum.

Der Kirschbaum hatte im Osten noch seine weißen Blüten. Als ein Windhauch durch die Blüten strich, fielen diese herab. Die fallenden Blütenblätter sahen genauso aus wie Schneeflocken im Winter.

Im Westen des Baumes waren die Kirschen schon reif. Mmmh, sie sahen so lecker, schwarzrot und reif aus. Die meisten Kirschen waren genauso groß wie Mandarinen.

Te'am und Psi aßen hungrig diese Kirschen. Sie waren groß und saftig und hatten einen sehr kleinen Kern, den die Kinder mühelos weit in den Wald spucken konnten. Wer weiß, vielleicht würde aus den ausgespuckten Kirschkernen auch mal so ein schöner Baum wachsen?

Als Te'am gerade in seine letzte Kirsche beißen wollte, sagte er: „Ah, Psi, duftet diese Kirsche herrlich! Riech' doch mal dran!" Er hob die Kirsche unter die Nase von Psi.

Psi grinste über beide Backen. „Du, Te'am, iss du ruhig deine letzte Kirsche auf, aber der Duft kommt nicht von der Frucht, sondern von der schönen Frau, die steht nämlich da hinten. Mann, was haben wir Schwein! Sie hat uns gefunden, noch bevor wir sie richtig gesucht haben."

Danach sah Psi Te'am sehr streng an. „Te'am, sieh der schönen Frau nicht zu tief in die Augen, denn alle Männer, die der schönen Frau zu tief in die Augen schauen, verlieben sich in sie und dann müssen sie an der Blume des Vergessens riechen!"

„Ok, versprochen, Psi", antwortete Te'am, doch er dachte sich wie alle Jungs in seinem Alter: Irgendwie sind Mädchen unheimlich. Ich glaube, ich werde niemals heiraten, jawohl, niemals!

Die schöne Frau

Die schöne Frau war die Beschützerin des Waldes. Ob sich nun ein großer Bär einen Dorn in seinen Fuß getreten oder ein kleines Häschen sich verlaufen hatte, die schöne Frau wusste immer einen Rat und stand allen Waldbewohnern zur Seite. Viele glaubten auch, sie könne zaubern. Doch das stimmte nicht. Sie war nur klüger als die Meisten. Daher sah vieles von dem, was sie tat, wie Zauberei aus.

Nun kam die schöne Frau auf die beiden Kinder zu. Sie bewegte sich anmutig wie ein Blatt im Wind. Alles an ihr war schön, ihre Bewegungen flossen bis in die Fingerspitzen. Sie sah aus wie eine Prinzessin aus Tausendundeiner Nacht.

Die schöne Frau trug blaue Haremshosen und ein seidenes Oberteil. Aus dem Nabel heraus leuchtete ein rubinroter Stein. Ihre Augen waren braun und strahlten Wärme aus. Sie sahen fast wie Knöpfe aus. Die langen Haare waren dunkel, glatt und reichten ihr bis zur Hüfte. Bei jeder Bewegung klangen die Glöckchen, die an ihrem Gewand angenäht waren.

„Hallo schöne Frau!", rief Psi und hopste der schönen Frau in die Arme. „Hallo Psi, was führt dich zu mir? Oh, wie ich sehe, hast du einen Freund mitgebracht." An Te'am gerichtet fragte sie: „Wie heißt du denn?"

„Psi nennt mich Te'am, doch ich habe keine Ahnung, wie ich wirklich heiße.", antwortete Te'am.

Psi hüpfte nun rückwärts um die schöne Frau und Te'am herum. Dabei sah sie ab und zu der schönen Frau in die Augen und sprach: „Schöne Frau, ich habe Te'am gefunden, er lag direkt neben der Blume des Vergessens. Er wusste nicht mehr, wie er heißt, also habe ich ihn Te'am, Freund aus der Ferne, genannt. Bis jetzt kann er sich nur noch an seinen neuen Namen und an mich erinnern."

„Ohje", sagte die schöne Frau, „das ist ja furchtbar. Aber ich glaube, dir kann geholfen werden. Te'am, kannst du schreiben? So können wir eingrenzen, woher du kommst."

Die schöne Frau drückte Te'am ein Stöckchen in die Hand. „Probiere doch einfach, deinen Namen in den Sand zu schreiben."
Te'am nahm den Stock in die rechte Hand und schrieb MEIN NAME IST TE'AM in den Sand.

Die schöne Frau bekam strahlende Augen vor Freude, während sie sprach: „Te'am, jetzt ist es leicht herauszufinden, wer du bist. Psi und du müsst nur in's Dorf der Rechtshänder gehen und fragen, wer dich dort kennt oder vermisst."

Da nahm Te'am das Stöckchen in die linke Hand und schrieb weiter in den Sand: MEINEN RICHTIGEN NAMEN KENNE ICH NICHT!

Jetzt machte die schöne Frau große Augen vor lauter Verwunderung, was sie noch schöner aussehen ließ.

Psi meinte dann: „Sollen wir vielleicht auch noch im Dorf der Linkshänder nachfragen?"

Te'am schaute die schöne Frau fragend an: „Was hat das zu bedeuten, dass ich rechts und links schreiben kann?"

Die schöne Frau dachte kurz nach, bevor sie antwortete. Sie schloss kurz die Augen, atmete tief ein, danach sah sie Te'am in die Augen und lächelte: „Te'am, ich habe so einen Verdacht, aber ich möchte mir sicher sein, dass ich Recht habe. Wir werden Arcus, den Regenbogendrachen, fragen."

„Den Regenbogendrachen?" Te'am schaute ganz ungläubig. „Ich dachte, der sei nur eine Märchengestalt. Ich glaube, meine Mutter hat mir von ihm erzählt. Komisch… Ich kann mich an die Geschichte vom Regenbogendrachen erinnern, aber ich kann mich nicht an meine Mutter erinnern." Da wurde Te'am auf einmal sehr traurig und sein Herz wurde ihm schwer. Er wusste nicht, wo er hingehörte. Was sollte nur aus ihm werden? „Wie finden wir ihn?", wollte er nun wissen.

„Ach Te'am", sagte Psi, „das ist doch kinderleicht! Um Arcus, den Regenbogendrachen, zu finden, muss doch nur die Sonne scheinen und es muss gleichzeitig regnen. Wasser, das von oben herabfällt, nennt man Regen oder auch Niederschlag."
Psi hob die die Hände in die Luft und tat so, als ob ihre Finger nach unten regnen würden.
„Dann muss nur noch die Sonne scheinen", jetzt klatschte sie die rechte Faust in die linke Hand, „und BÄNG, schon kommt Arcus, der Regenbogendrache. Oft hat er sogar seine Tochter Isis dabei."

„Psi, das habe ich verstanden, das mit dem Regenbogen, aber woher sollen wir denn wissen, wann es wo reget?" Unglücklich hob Te'am seine Schultern und senkte sie wieder.

Psi sah von Te'am zur schönen Frau hinüber. „Schau' dir doch mal die schöne Frau an: Sie hat tolle, lange, glatte Haare. Wenn es aber zu regnen beginnt, bekommt sie Locken."

Auf dem Weg zum Regenbogendrachen

„Also", sagte die schöne Frau, „dann lasst uns mal losgehen und Regen suchen!"

Die drei gingen durch den Wald, die schöne Frau ging voran. Ihre Haare wehten im Wind wie die wogenden Wellen im Meer. Ihre Kleidung wechselte die Farbe. War der Boden moosgrün, wurden ihre Pumphosen rot. War die Umgebung eher gelb, wurden die Hosen blau.
Hinter der schönen Frau hüpften die Kinder.
Eins, zwei, drei, vier, fünf auf dem rechten Fuß.
Eins, zwei, drei, vier, fünf auf dem linken Fuß.
Zwei Hüpfer mit beiden Beinen nach vorne gehüpft und ein Hüpfer mit beiden Beinen nach hinten, dann ging es wieder von vorne los.

Psi war natürlich die ganze Zeit am Plappern. Dann fragte sie Te'am: „Findest du die schöne Frau auch schön?"
„Ja, Psi", antwortete Te'am, „ich habe zuvor noch nie so eine hübsche Frau in meinem Leben gesehen."

„Aber du bist nicht in sie verliebt?", wollte Psi nun wissen.
„Psi", sagte Te'am, beide blieben stehen, damit Te'am ihr in's Ohr flüstern konnte, „Psi, die schöne Frau ist so schön wie eine Rose oder die Sonne, wie blaues Wasser, wie wenn es draußen heiß ist, aber Psi, die schöne Frau ist doch schon uralt. Ich glaube, sie ist mindestens schon fünfzehn oder sechzehn Jahre alt."

Psi freute sich über seine Antwort. Sie mochte Te'am und die schöne Frau gerne leiden. Aber wenn sich in der Vergangenheit jemand in die schöne Frau verguckt hatte, dann hatten die Leute oftmals vergessen, dass es Psi auch noch gab.

Der Weg wurde etwas steiler. Sie kamen an eine Lichtung, die voll war mit blühendem Geißblatt. Etwas weiter wuchs Huflattich. Die Blätter des Huflattichs, der hier wuchs, waren riesig und hatten einen halben Meter Durchmesser. Te'am und Psi konnten sich locker darunter verstecken. Von einem Baum herab flötete eine Lerche ihr Lied.

Zu dem Lied der Lerche gesellten sich noch andere Töne, die sich anhörten, wie wenn jemand Harfe spielen würde.
„Du, Psi, was sind das denn für Musikanten, die hier im dunklen Wald spielen?", wollte Te'am wissen.
„Te'am, ich habe keine Ahnung", erwiderte Psi. „Schöne Frau, wer macht denn hier diese schöne Musik?"

Die Harfen-Igel

„Das kann ich euch zeigen, Kinder." Die schöne Frau drehte sich zu den Beiden um. „Ihr müsst aber ganz leise sein. Am besten haltet ihr sogar die Luft an. Ihr müsst lautlos sein wie bei der Jagd nach unsichtbaren Löwen und Tigern." Jetzt sah sie beiden Kindern in die Augen, während sie weitersprach. „Das könnt ihr doch?"

Te'am und Psi nickten mit den Köpfen ohne ein Wort zu sagen, denn sie mussten ja ab jetzt leise sein. Alle drei pflückten sich nun eines von den großen Huflattichblättern ab, um sich dahinter zu verstecken.

Sachte, ja fast unsichtbar, pirschten sie sich an die Musiker heran. Niemand von ihnen machte ein Geräusch, als sie eine Anhöhe erklommen. Dort oben angekommen, legten sie sich zuerst auf das weiche Moos des Waldes, danach schoben sie die großen Blätter, hinter denen sie sich versteckten, leicht auf die Seite.

Etwas weiter unterhalb von ihnen sahen sie eine Igelfamilie. Das waren ganz besondere Igel. Igel mit Harfenstacheln. Jedes Mal, wenn die Stacheln berührt wurden, gaben sie einen Ton von sich, gerade so wie die Töne einer Harfe.

Mama Igel kämmte gerade eben die ganze Familie, damit sie wieder ordentlich aussah. So kam dieses Konzert zustande, das durchaus auch von Engeln im Himmel gespielt hätte werden können.

Die drei lauschten der Igelfamilie. Zu der Harfenmusik gesellte sich nun auch noch ein tiefes, melodisches Brummen und Grollen.

Te'am sah, dass die Haarspitzen der schönen Frau anfingen, sich in freche Löckchen einzudrehen. „Du, schöne Frau, deine Haare beginnen sich zu locken!"

Als Te'am das sagte, sahen sich die Igel erschreckt um, dann sahen sie die drei Menschen auf der Anhöhe und suchten so schnell wie möglich das Weite.

„Oh, Entschuldigung, ich wollte die Igel nicht vertreiben." Te'am blickte verlegen auf seine Schuhe.

„Ist schon gut", meinte die schöne Frau, „wegen den Igeln waren wir ja auch nicht hier. Sondern weil wir Regen suchen."

Psi sah währenddessen auf zum Himmel. Doch dieser war wolkenlos. „Das verstehe ich nicht. Warum drehen sich deine Haare ein? Es ist doch weit und breit keine Wolke am Himmel zu sehen."

Die schöne Frau sah sich ihre Haare an. Sie hatte eindeutig lockige Haarspitzen, doch von Regen war kein Anzeichen am Himmel zu sehen.

„Dem Rätsel muss ich auf den Grund gehen", sagte die schöne Frau. Zuerst lief sie in die Richtung, aus der sie gekommen waren und siehe da, ihre Haare wurden wieder glatt. Jetzt lief sie wieder in die Richtung, aus der das tiefe Grollen und Brummen kam und ihre Haare begannen sich wieder in Locken einzurollen. Die Kinder folgten ihr, und je lauter das Grollen wurde, desto lockiger wurden ihre Haare.

Sie liefen noch ein ganzes Stück weit. Als das Grollen so laut wurde, dass man sein eigenes Wort nicht mehr verstand, waren sie angekommen.

Wasser, das von oben kommt und kein Regen ist

An diesem Ort fiel das Wasser von oben herab, ohne dass es regnete. Könnt ihr euch vorstellen, wo die drei angekommen waren?

Na logo, sie waren im Dunklen Wald am Hohen Wasserfall angekommen. Hier kam das Wasser von ganz weit oben und zerstäubte beim Herunterfallen zu einem feinen Nebel.

Als sie ankamen, war es gerade Mittag. Die Sonne stand ganz hoch im Zenit. Die Sonnenstrahlen trafen jetzt auch den Boden des Dunklen Waldes. Das Licht schien durch die Wassertropfen in der

Luft. Wie Psi schon erklärt hatte: Sonnenstrahlen, die durch Wassertropfen scheinen, ergeben einen Regenbogen.

Das Grollen des Wasserfalls vermischte sich nun mit einem tiefen, angenehmen Brummen. Wenn du genau hinhörst, kannst du auch sein Lied hören...

Arcus, der Regenbogendrache

„An heißen Tagen
Geh' ich gerne baden,
Kühle meine Waden,
Habe Riesenspaß
Im kühlen Nass.
Ist das Wasser frisch,
Schwimm' ich wie ein Fisch.
Wasser, Freunde, Sonne
bedeuten mir Spaß und Wonne."

„UUUUU-HA-HA-HA-HA!", lachte der Regenbogendrache vor Freude und Übermut.

„Schöne Frau, Psi und Prinz Bongerich von Klöten, was steht ihr da rum? Kommt zu mir rein, das Wasser ist herrlich!"

Kaum gesagt, schon tauchte Arcus, der Regenbogendrache, mit dem Kopf unter Wasser.

Der Körper von Arcus schien endlos zu sein. Und auch seine Umrisse waren schwer zu erkennen. Wo fing er an und wo endete er? Seine bunten Schuppen machten das auch nicht leichter. Flüchtig betrachtet waren seine Schuppen geordnet nach den Farben lila, dunkelblau, hellblau, grün, gelb, rot. Jedoch bei näherer Betrachtung konnte man nicht sagen, wann zum Beispiel lila aufhörte und dunkelblau richtig anfing. Die Farben gingen ineinander über.

Auch wenn du Arcus schon hundertmal hintereinander gesehen hast, kannst du dich nicht sattsehen an seiner Schönheit.

Die drei sahen dem Treiben des Regenbogendrachen noch einige Zeit zu. Als er wieder mit dem Kopf aus dem Wasser auftauchte, fragte Te'am ihn: „Arcus, wen hast du mit Prinz Bongerich gemeint? Wir sind nur zu dritt: Die schöne Frau, Psi und ich, Te'am."

„Ja, ich weiß. Te'am ist aber nicht dein richtiger Name. Und glaub' mir, ich kenne dich vom deinem Spiel am Königlichen Schlossteich. Du bist Prinz Bongerich von Klöten und du solltest jetzt so schnell wie möglich nach Hause, denn deine Eltern, vor allem deine Mama, machen sich schon große Sorgen um dich."

„Aber ich weiß ja gar nicht, wo ich wohne, geschweige denn, wie ich nach Hause kommen soll!"
„Das ist ja überhaupt kein Problem. Ihr springt einfach auf meinen Rücken und ich bringe euch drei zu deinem Schlossteich."

Die schöne Frau schüttelte nur den Kopf. „Nein, geh' du nur mit Psi, denn ich muss hier im Dunklen Wald bleiben. Wer passt denn sonst auf die Pflanzen und Tiere auf?"

Te'am erinnerte sich langsam wieder daran, dass er Bonge heißen könnte. Aber er war noch nicht restlos geheilt. Traurig ging er zur schönen Frau und verabschiedete sich. Diese drückte ihn und meinte nur: „Te'am, das muss ja nicht das letzte Mal gewesen sein, dass wir uns treffen. Du bist jederzeit willkommen im Dunklen Wald. Ob als Te'am, oder als Prinz Bongerich."

Te'am nickte und meinte dann zu Psi gerichtet: „Psi, willst du mich begleiten? Denn ich weiß immer noch nicht genau, wer ich bin und ich glaube, es würde mir leichter fallen, mich zu erinnern, wenn du dabei bist."

Psi war ganz aufgeregt: „Ja, raus aus dem Dunklen Wald, um mal was Neues zu erleben!" Aufgeregt klatschte sie in die Hände, dann breitete sie die Arme aus und drehte sich im Kreis, bis sie schwindlig war und umfiel.

„Also Kinder, dann mal los!", meinte Arcus. Die schöne Frau half Bonge auf den Rücken des Regenbogendrachen. Dieser setzte sich direkt hinter seinen Kopf.

„So, Prinz Bongerich, du musst dich gut an meinen Ohren festhalten!", empfahl Arcus. „Ja, Arcus, das geht in Ordnung. Ist das zu fest?", fragte Bonge, nachdem er den Drachen an den Ohren gegriffen hatte. „Genauso ist es gut.", lobte Arcus den Jungen.

„Soll ich dir auch auf Arcus raufhelfen, Psi?", fragte die schöne Frau das Mädchen. Psi schüttelte den Kopf: „Nein, danke, schöne Frau, ich glaube, das kann ich selber." Psi stieg erst auf das Bein von Arcus und kraxelte dann über die Schulter auf seinen Rücken.

Arcus musste sich schütteln vor Lachen, als ihn Psi mit ihren nackten Zehen in den Achselhöhlen kitzelte. „UA HA HAHAHA, Psi, du weißt doch, dass ich kitzlig bin!" Bonge musste sich an den Ohren des Regenbogendrachen ganz schön festhalten, damit er nicht herunterfiel.

Jetzt saß Psi hinter Bonge und schlang ihre Arme um seine Hüften. „Nun denn, wenn keiner mehr auf's Klo muss, oder sonst noch einen Grund weiß, warum wir noch bleiben sollten, dann geht's jetzt los mit Gebrüll!"

„Also dann, auf drei...", Arcus und die Kinder fingen an zu zählen, während die schöne Frau mehrere Schritte auf die Seite ging und zum Abschied winkte.

Der Ritt auf dem Regenbogendrachen

„Eins, **zwei**, **drei** !!!"

Dann ging es los. Arcus tauchte zuerst unter Wasser und dann schnellte er in einer runden Kreisbewegung hoch in den Himmel, über die Wolken und wieder hinab zur Erde. Der ganze Ritt erinnerte sehr an eine Achterbahnfahrt mit Dreifachlooping. In der Luft schien es so, als ob der Drache seine bunten Schuppen verlieren würde, die dann als Regenbogen am Himmel für alle gut sichtbar leuchteten.

Während des Fluges hielt sich Psi mit einer Hand ganz fest an Bonge, während sie mit der anderen Hand ihre blaue Mütze auf den Kopf drückte, um diese nicht zu verlieren.

Bonge saß hinter den Ohren des Drachens und rief jubelnd: „Schneller, schneller, Arcus!"

„Prinz Bongerich, eine Kurve noch und schon sind wir da. Schau' mal, da vorne sind schon die Fünffinger-Türme des Schlosses zu sehen.", brüllte der Drache gegen den Fahrtwind. Schon flog Arcus wieder nach unten, in Richtung Schlossteich.

In den Wasserspielen und Fontänen des Schlossteichs bildete sich ein Regenbogen. Aus diesem Regenbogen heraus schoss nun Arcus mit den Kindern auf dem Rücken. Doch noch bevor sie den Boden erreicht hatten, schob sich eine Wolke zwischen die Sonne und der Regenbogen verschwand. Und mit ihm auch Arcus, der Regenbogendrache.

Die Kinder, Bonge und Psi, fielen nun aus geringer Höhe mit einigen Purzelbäumen auf den Boden. Direkt vor Emilias Füße, der Mama von Bonge.

Wieder zu Hause

Emilia hatte ganz rote Augen und auch eine rote Nase. Ihr Herz war schwer. Es fühlte sich an, als wenn ihr jemand die Brust zuschnüren würde. Seit Bonge weg war, hatte sie nicht geschlafen und nur geweint. Sie musste immerzu an ihren Sohn denken und wo er wohl geblieben war.

Gleich nachdem die Feuerspucker fertig gewesen waren, hatte sie Bonge bei der Hand nehmen wollen, um nach Hause zu gehen. Aber der Junge war plötzlich verschwunden gewesen und keiner hatte ihn gesehen.

Und so plötzlich, wie er verschwunden war, tauchte er vor ihr aus dem Nichts wieder auf.

Emilia rannte nun auf Bonge zu und nahm ihn in die Arme, drückte ihn ganz fest an sich. „Oh Bonge, mein Sohn, wo warst du? Ist dir was passiert, geht es dir gut?"

„Ja, Mama, es geht mir gut. Und schau', ich habe jemanden mitgebracht. Darf ich vorstellen? Das ist Psi. Und das ist meine Frau Mama, Emilia von Stubs und Nase."

Bonge und Psi erzählten Emilia die Geschichte. Wie und was sich zugetragen hatte, während Emilia aufmerksam zuhörte.

Psi erzählte, wie sie Bonge gefunden hatte, neben der Blume des Vergessens. Bonge erzählte, dass Psi ihn Te'am genannt hatte, nachdem er sich nicht mehr an seinen Namen hatte erinnern können. Gemeinsam erzählten sie von der schönen Frau, den Harfen-Igeln und von Arcus.

Psi blieb noch einige Zeit im Schloss mit den Fünffinger-Türmen, bevor sie wieder zurück in ihren Dunkeln Wald ging.
Was aus Bonge und Psi wurde, das ist eine andere Geschichte. Und wer weiß: Wenn ihr das nächste Mal einen Regenbogen seht, erzählt

euch Arcus vielleicht, was bisher geschehen ist?